MARSUPILAMI

VIVA PALUMBIEN!

AF626170

Zeichnungen: **Batem**
Szenario: **Colman**
Farben: **Cerise**

Das Marsupilami wurde erschaffen von **Franquin**.

CARLSEN COMICS

Der Originalband erschien 2007 als Album 20 in Frankreich.

CARLSEN COMICS NEWS
Jeden Monat neu per E-Mail!
www.carlsencomics.de
www.carlsen.de

Wir behalten uns die Nutzung unserer Inhalte für Text- und Data-Mining im Sinne von § 44b UrhG ausdrücklich vor.

Mit Fragen zur Produktsicherheit wenden Sie sich bitte an: carlsen.de/kontakt

CARLSEN COMICS
© 2016 Carlsen Verlag GmbH, Völckersstraße 14–20, 22765 Hamburg
Aus dem Französischen von Marcel Le Comte
VIVA PALOMBIA!
© Dargaud-Lombard, 2007, Batem, Colman d'après André Franquin
www.marsupilami.com
All rights reserved
Redaktion: Klaus Schikowski
Covergestaltung: Peter Mrozek
Lettering: Ronny Willisch
Herstellung: Gunta Lauck
Alle deutschen Rechte vorbehalten
ISBN 978-3-551-79905-0

Mitten im dritten Monat des Jahres macht sich im außergewöhnlichen Nebelwald plötzlich eine ungewohnte Betriebsamkeit breit!
ZZZZ
Wenn die Sonne im Zenit steht und genau senkrecht auf die große, wilde Erde scheint, ergreift all ihre Lebewesen ein sanftes Fieber!
Nehmen wir einen Wurm zusammen?
1A.
Es ist Frühlings-Tagundnachtgleiche, die Zeit der aufblühenden Liebschaften...
Hat Ihnen schon mal jemand gesagt, wie bewundernswert Sie einen Baumstamm imitieren können?
Aber nicht doch, Sie böser Schmeichler!
... und verzehrenden Leidenschaften!
KRUNTSCH!
Ich habe wirklich Geschmack an Ihnen gefunden, Sie Charmeur!!
KRUNTSCH!
Enge Bande werden geknüpft!
1B.
Paare finden zusammen, wie diese beiden Ibisse!
Wollen wir ein Hotelzimmer nehmen...?
Man sucht die verwandte Seele...
WOHSSIE...? WOHSSIE?
JAWOH-SSIENUR?
... oder will sich besser kennenlernen.
Wem gehören denn all die schönen Augen...?

Man nimmt sich bei der Hand, spricht von der Zukunft…
Oooh, Kevin… Was für eine schöne Milbe Sie sind!
… und wählt die Vornamen für den ersten Nachwuchs!
Für die ersten zwei Millionen haben wir sie…
… Aber bei den letzten Fünfhunderttausend hakt es noch etwas!
2A.
Kurz, diesem süßen Irrsinn entkommt keine lebende Spezies!
Dassdi Schöhnste vom ganzn-dorf!
Deawaansinn!
Zuschöön!
Hammahaat!
Hammahaat!
Da weerdich schwach!
Und während mancher noch auf der Suche ist…
WOHSSIE?
WOHSSIE?
WOHSSIE?
JAWOHSSIENUR?
… drücken andere, die bereits ein Heim haben, einfach nur ihre Lebensfreude aus!
HUBA! HA!HA!HA!
HUBALA! HOPP!
2B.
Tausend Töne erklingen im Dschungel! Gequake, Kreischen, Pfeifen… bis hin zu den melodischsten Gesängen!
IN CHIQUITO…! IN CHIQUITA…!

IN CHIQUITO, WO DIE LIEBE MIT DER NACHT TANZT... HAB ICH MEA APPETIT ALS EIN DICKER PIRAÑA!
... DICKER PIRAÑA!
3A.
WENN DU NICH ZU MIA ZURÜCKKEHRST, VERSCHLING ICH DICH SOFOAT... JA, VERSCHLING ICH DICH SOFOAT...
Silencio, Capitän! ... Sie vertreiben alle Fische, und ich hab Ihnen nichts getan!
Analfabeto! Wie kannst du so vom genialen Claudio Francesco reden? Den größten palumbianischen Sänger der Welt?!
Ihre Stimme ist es, die die Fische erschreckt! ... Nicht die von Kluh-Kluh!
Arme Kluh-Kluh! Warum hat Gott die Zitteraale erschaffen?
Malo!
3B.
Jeder weiß, dass man in den Rios nicht schwimmen darf, das ist sehr...
... gefährlich!
PLOFF!

Seht euch das an, Jungs! Knackiger, an der frischen Luft großgezogener Chahuta!
Ich liebe die lokale Küche!
Das Filetstückchen gehört mir!
CAPITÃN, TUN SIE IRGENDWAS! DIE PIRAÑAS WERDEN MICH VERSCHLINGEN!!
CARAMBA...! Schwimm zum Boot, damit ich dich auf-fischen kann!
ZU SPÄT! AUA! SIE KNABBERN SCHON AN MEINEN... AUTSCH! SINGEN SIE...! Auuu! SINGEN SIE LAUT!
AUA!
WENN DU NICH ZU MIR ZURÜCK-KOMMST, TRINK ICH DEN GANSSEN RIO AUS... DEN GANSSEN...
ES KLAPPT! ... MACHEN SIE WEITER, CAPITÃN!
IN CHIQUITO... IN CHIQUI...
Hä...?! Was ist denn das für ein dunkler Schatten...?
Ein dunkler Schatten...?!

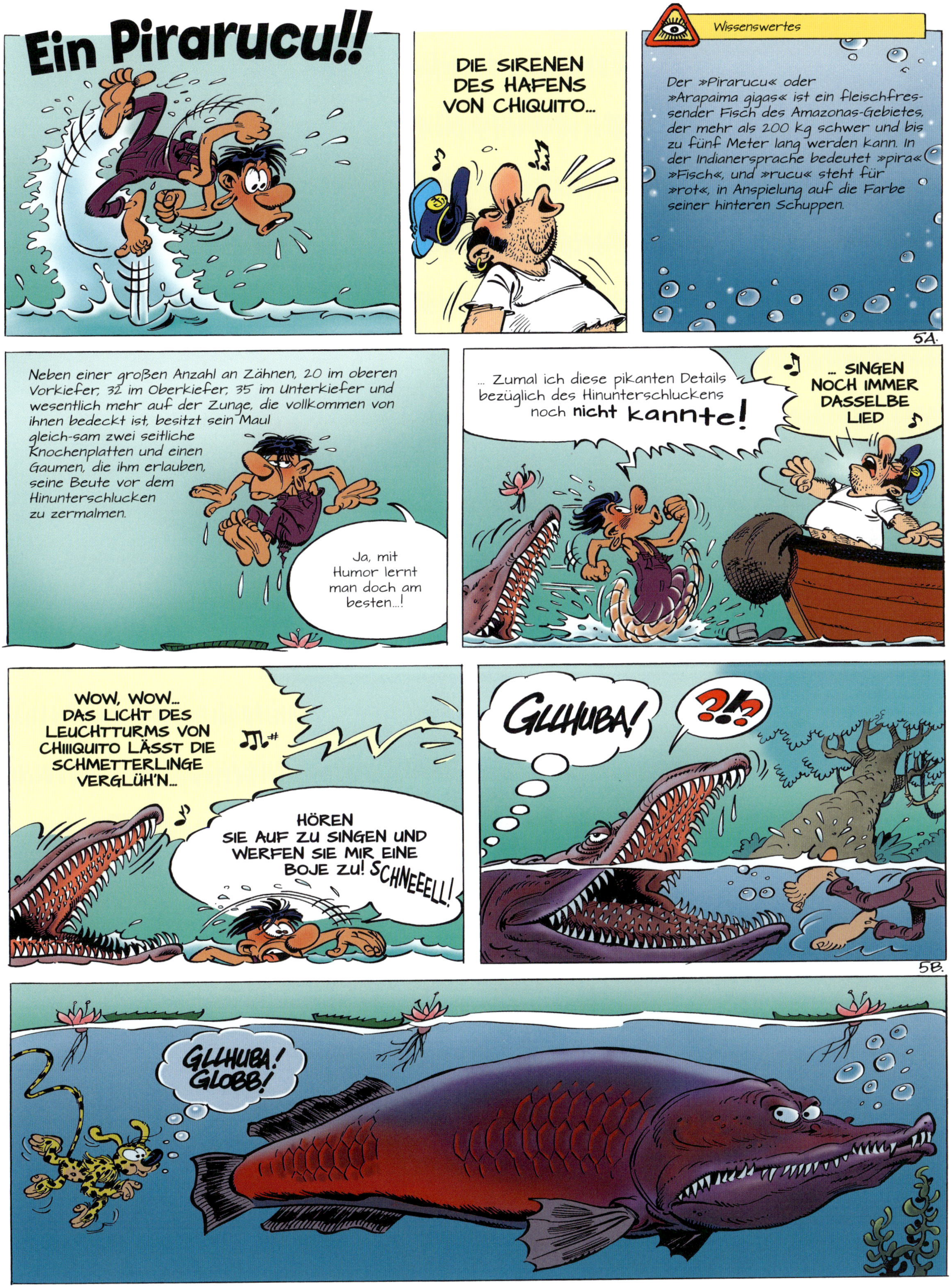

Ein Pirarucu!!
DIE SIRENEN DES HAFENS VON CHIQUITO...
Wissenswertes
Der »Pirarucu« oder »Arapaima gigas« ist ein fleischfressender Fisch des Amazonas-Gebietes, der mehr als 200 kg schwer und bis zu fünf Meter lang werden kann. In der Indianersprache bedeutet »pira« »Fisch«, und »rucu« steht für »rot«, in Anspielung auf die Farbe seiner hinteren Schuppen.
5A.
Neben einer großen Anzahl an Zähnen, 20 im oberen Vorkiefer, 32 im Oberkiefer, 35 im Unterkiefer und wesentlich mehr auf der Zunge, die vollkommen von ihnen bedeckt ist, besitzt sein Maul gleich-sam zwei seitliche Knochenplatten und einen Gaumen, die ihm erlauben, seine Beute vor dem Hinunterschlucken zu zermalmen.
Ja, mit Humor lernt man doch am besten...!
... Zumal ich diese pikanten Details bezüglich des Hinunterschluckens noch nicht kannte!
... SINGEN NOCH IMMER DASSELBE LIED
WOW, WOW... DAS LICHT DES LEUCHTTURMS VON CHIIIQUITO LÄSST DIE SCHMETTERLINGE VERGLÜH'N...
HÖREN SIE AUF ZU SINGEN UND WERFEN SIE MIR EINE BOJE ZU! SCHNEEELL!
GLLHUBA!
?!?
5B.
GLLHUBA! GLOBB!

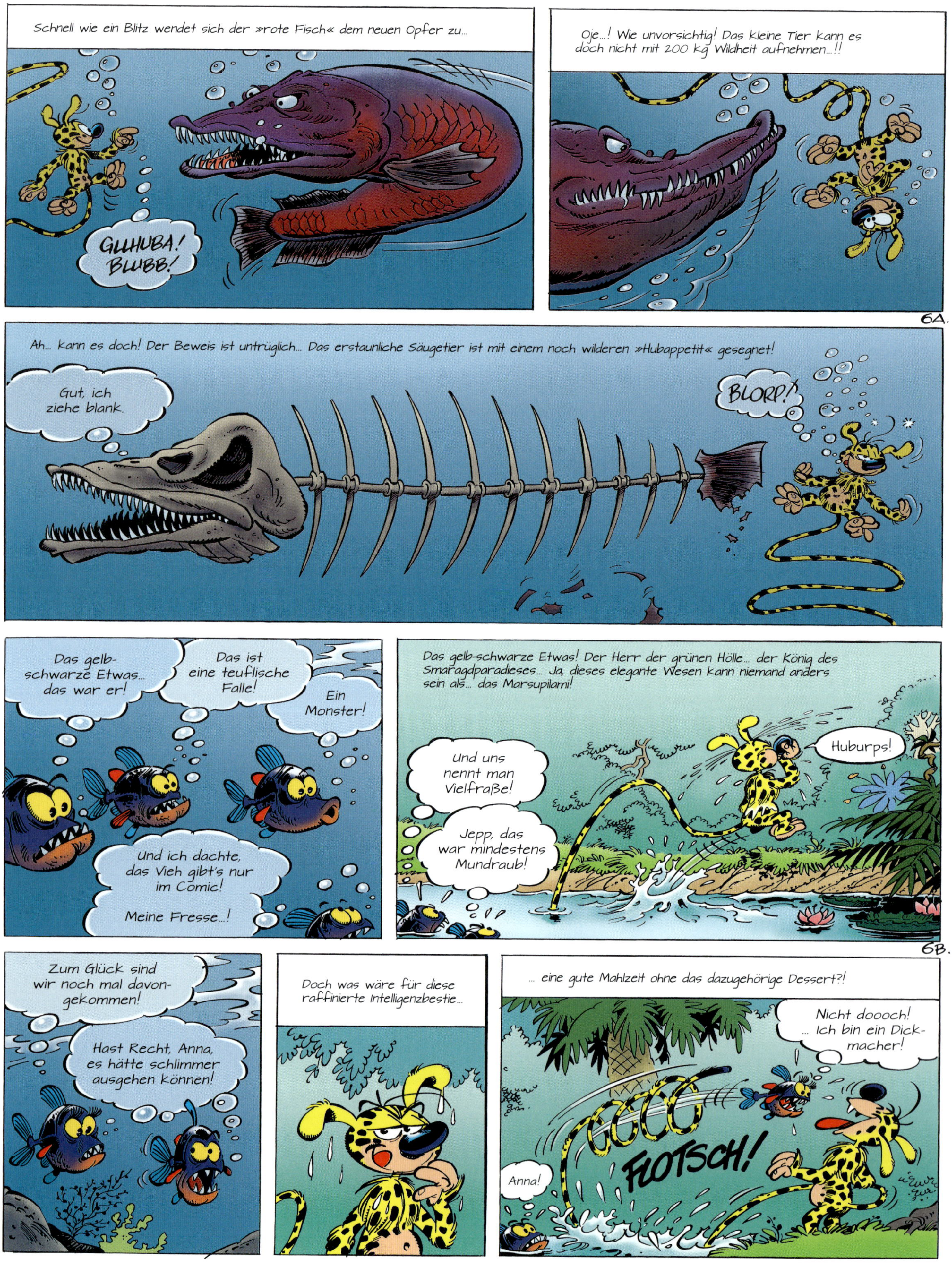
Schnell wie ein Blitz wendet sich der »rote Fisch« dem neuen Opfer zu...
GLLHUBA! BLUBB!
Oje...! Wie unvorsichtig! Das kleine Tier kann es doch nicht mit 200 kg Wildheit aufnehmen...!!
6A.
Ah... kann es doch! Der Beweis ist untrüglich... Das erstaunliche Säugetier ist mit einem noch wilderen »Hubappetit« gesegnet!
Gut, ich ziehe blank.
BLORP!
Das gelb-schwarze Etwas... das war er!
Das ist eine teuflische Falle!
Ein Monster!
Und ich dachte, das Vieh gibt's nur im Comic!
Meine Fresse...!
Das gelb-schwarze Etwas! Der Herr der grünen Hölle... der König des Smaragdparadieses... Ja, dieses elegante Wesen kann niemand anders sein als... das Marsupilami!
Und uns nennt man Vielfraße!
Huburps!
Jepp, das war mindestens Mundraub!
6B.
Zum Glück sind wir noch mal davongekommen!
Hast Recht, Anna, es hätte schlimmer ausgehen können!
Doch was wäre für diese raffinierte Intelligenzbestie...
... eine gute Mahlzeit ohne das dazugehörige Dessert?!
Nicht doooch! ... Ich bin ein Dickmacher!
FLOTSCH!
Anna!

Das Glück, ein Marsupilami beobachten zu können, ist selten... Aber wir haben es!
Angeber!
Bewundern wir dieses Phänomen. Es mangelt nicht an Adjektiven, um es zu beschreiben!
BURP!
Sadist!
Nicht für Kinder unter fünf Jahren geeignet!
Es ist schalkhaft...
Voyeur!
... hilfsbereit...
... athletisch...
Danke noch mal fürs Entknoten!
HOPP!
Verbrecher!
... geschickt ...
AUA!
AUTSCH!
AUA!
... ein Ästhet...
Flegel!
Pirat!
Dieb!
... feinsinnig...
WIE WÄR'F ERFT, WENN EF BRUTAL WÄRE?!
... listig, mutig, zäh, großmütig... und es ist auch...
... sehr treu!
HUBA BUH!
HUBI!
BI!
BI!
BI!

Carambita, Bissublöhd...! Was hat dich nua dazu gebracht, in den Rio zu springen...?!
MARI...! DA IM WALD...! MARI...!
Was Marie...? Hastu jetzt schon Angst vor eine Frau?!?
8A.
Bueno! Deine Privatleben geht mich nixe an! Du bist groß genug, um zu wissen, wie man...
DER MAPINGUARI! ... ICH HAB DEN MAPINGUARI GESEHEN!!
?!
Crétino de los Alpes! Du weißt doch genau, dass der Mapinguari gar nicht existiert!
Ich hab ihn gesehen, wie ich Sie sehe, Capitän...! Riesengroß, mit ganz gelben Zähnen! Ich bin vor Überraschung ins Wasser gefallen!
Alto, Amigo! Kannst du mal in meine Richtung hauchen?
Dios...! Du riechst aus dem Mund wie eine leberkranke Kaiman, aber Alkohol rieche ich nicht!
Glauben Sie mir! Ich sage die Wahrheit!
Qué loco! In diesem Dschungel gibt es echt seltsame Tiere... Selbst das Marsupilami...
... Und du hattest Glück, dass es hier vorbeikam...!
8B.
Aber der Mapinguari ist eine indianische Legende, um den Kindern Angst zu machen...!
Die Indios lieben es einfach, Geschichten zu erzählen!
Und hier die »Simultanübersetzung«...
Es war einmal vor langer Zeit...

... zu Beginn der Geschichte der Menschheit...
Der Sonnengott erhellte die noch junge Erde, sein goldenes Gesicht strahlte vor Glück...
9A.
... obwohl die Nebel seines Herzens eine schmerzhafte Traurigkeit verbargen...!
Der Sonnengott war leidenschaftlich in die Göttin der Nacht verliebt. Eine feurige Liebe, rein und glühend...!
Er brannte darauf, ihr sein Entflammtsein zu gestehen, jene zu treffen, die seine leuchtend rote Seele in die Dunkelheit stürzte...!
Doch leider konnte er dem Objekt seiner Qualen nie begegnen... Er konnte ihr nie sein süßes Geheimnis enthüllen...!
9B.
Wie das Licht den Schatten jagt...
?
PTOING!
... so flieht die Nacht den Tag. So hat es der Große Geist, der Erschaffer allen Lebens, beschlossen.

Der Große Geist ist gemein!
Und das Marsupilami...? Du hast nichts vom Marsupilami erzählt!
Schwein!
Du hast gesagt, du wirst uns die Geschichte vom Marsupilami erzählen!
Sei still...! Hasskeintiwi ist doch noch gar nicht fertig!
10A.
Dunärfssecht ist weise! Das Ende kommt nie vor dem Anfang...!
So ist es Brauch!
Was den großen Erschaffergeist angeht, irrst du dich, Hassgepuhpst...! Er ist weder nett noch gemein...
... er ist die Ordnung der Dinge!
PRUUT!
10B
HI!HI!HI!
Hassgepuhpst hat wieder mit dem Wind gesprochen!
Er hat wieder zu viel Pupsgurke gegessen!
Die »Pupsgurke« (Aerophagus gasus) ist ein Weichtier aus der Familie der Kopffüßler. Wie andere Arten auch ist sie endemisch und kommt nur im palumbianischen Dschungel vor. Neben ihrem großen Nährwert macht ihr exquisiter Geschmack sie zu einer von den Indianern sehr geschätzten Speise, vor allem bei der Zubereitung eines Raupensoufflés.
Es reicht jetzt!
Ihr seid ja geschwätziger als der schmollende Nussknacker!

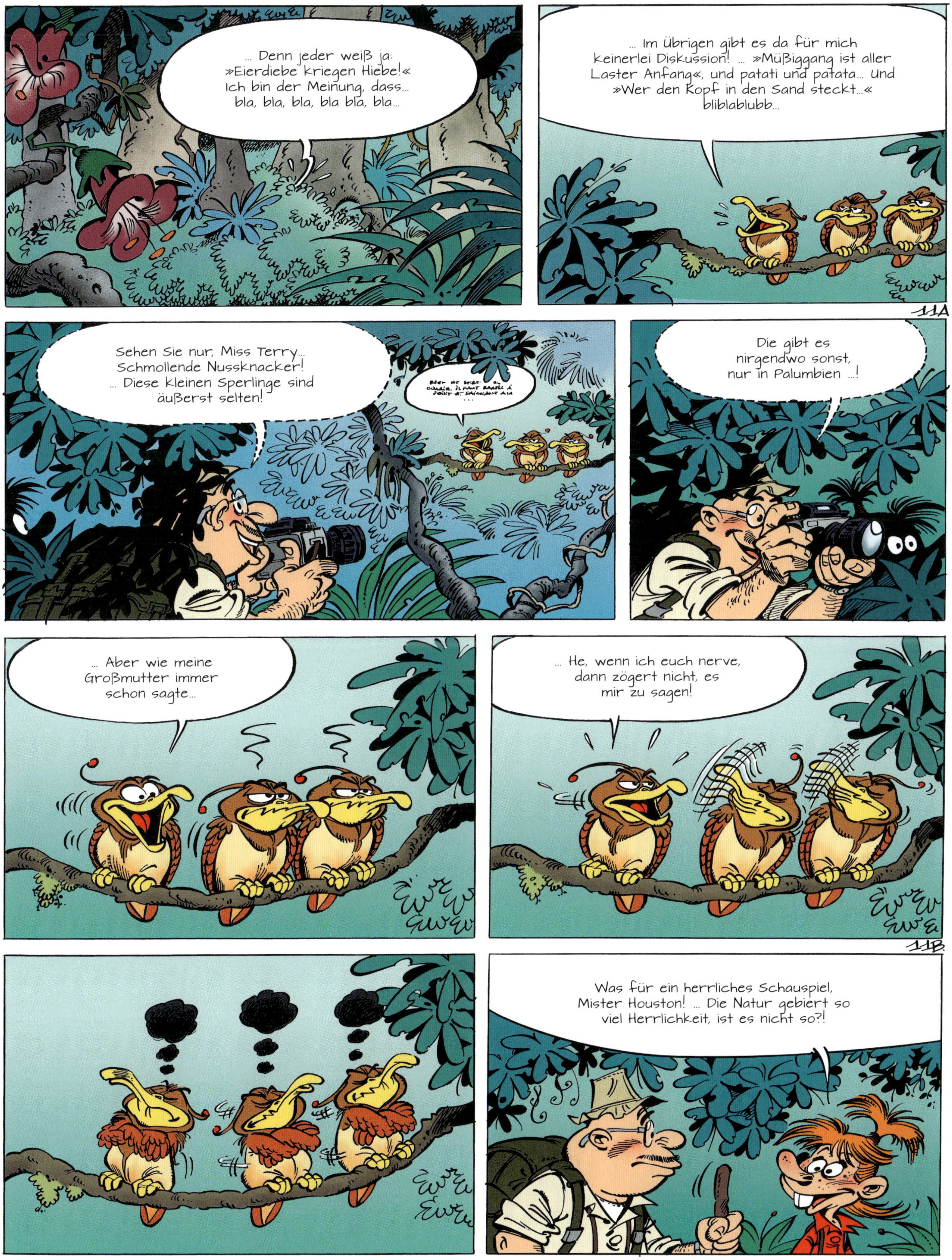
… Denn jeder weiß ja: »Eierdiebe kriegen Hiebe!« Ich bin der Meinung, dass… bla, bla, bla, bla bla, bla…
… Im Übrigen gibt es da für mich keinerlei Diskussion! … »Müßiggang ist aller Laster Anfang«, und patati und patata… Und »Wer den Kopf in den Sand steckt…« bliblablubb…
Sehen Sie nur, Miss Terry… Schmollende Nussknacker! … Diese kleinen Sperlinge sind äußerst selten!
Die gibt es nirgendwo sonst, nur in Palumbien …!
… Aber wie meine Großmutter immer schon sagte…
… He, wenn ich euch nerve, dann zögert nicht, es mir zu sagen!
Was für ein herrliches Schauspiel, Mister Houston! … Die Natur gebiert so viel Herrlichkeit, ist es nicht so?!

Denken Sie, wir werden eine Chance haben, Marsupilamis zu sehen...? Sie sind dermaßen geheimtuerisch...
Sie zu überraschen vermag beileibe nicht jeder erstbeste Dahergelaufene...
... Aber für den, der es versteht, den Wald aufmerksam zu beobachten, zeugen unzählige Indizien von ihrer Anwesenheit.
12A.
Dort oben, zum Beispiel! ... Sehen Sie sich diese Aras an. Ein Detail ihrer Anatomie bezeugt, dass das herrliche Monotrematum erst kürzlich hier vorbeikam!
Von wegen herrlich!
Den Bürzel rupft es uns, das herrliche Monotrematum!
Den Bürzel rupft es uns, das herrliche Monotrematum!
Kannst du nicht mal aufhören, alles nachzuplappern, was ich sage...?! Langsam nervt es echt!
Dieses Tier ist in vielerlei Hinsicht einmalig, Miss! Die Chahutas-Indianer liegen übrigens gar nicht so falsch... Wussten Sie, dass es für sie eine Art Gottheit darstellt...?
12B.
... Eine ihrer zahlreichen Legenden besagt, dass die Marsupilamis nicht irdischen Ursprungs seien... dass sie die Kinder des Tages und der Nacht sind!
FROTSCH!!
Nein, wie poetisch! Diese Geschichte würde ich gerne hören!
Nun schweigt und lauscht den Worten von Hasskeintiwi! Hört das Vermächtnis des Gottes Marsupilcoatl!

Doch zuvor müsst ihr Hasskeintiwi daran erinnern, wo er stehen geblieben war, denn sein Gedächtnis verflüchtigt sich mitunter wie die Dürre mit dem Regen!
Du sagtest, dass der Sonnengott sehr unglücklich war!
Ja, weil er begriffen hatte, dass er sich niemals mit der Nacht vereinigen kann! ... Dass nichts seinen Kummer stillen kann!
13A.
Und so fing er zu weinen an und eine goldene Träne fiel vom Wolkenland herab auf die Erde.
Kaum hatte sie den Boden berührt, da verwandelte sie sich in ein herrliches Tier... ein Tier als Sohn der Sonne!
DAS MARSUPILAMI!
Ja! Das erste Marsupilami der Zeitgeschichte!
13B.

Wie ein Neugeborenes kannte es nichts von der Welt des Lebens... und so machte es sich ohne Furcht daran, sie zu entdecken, denn sein Herz war rein...
... Es eroberte den Bauch des großen Waldes...
Neugierig auf alles, geriet es in Entzückung wie ein kleines Kind.
HABU!
Jeder Tag war ein Lehrtag...
GNAPP!
BUHA!
... und jede Nacht ebenso!
BABU!!!
GROAAAR...!
Unter den Monden, die folgten, lernte es...
Hassgepuhpst... Du musst Bistabadrall, deine Mutter, bitten, weniger Raupensoufflé zu kochen!
Äh...
DU HAST GESAGT, ES HAT UNTER DEN MONDEN GELERNT!
?
Hasskainfutta hat Recht! ... Aus jeder Stunde zog es eine Lehre!

Es verstand, dass das Leben zwei Gesichter hat, dass alles seinen Gegenpart hat...!
... Es entdeckte, was gut ist...
BAHU!
Na super... Das war's!
15A.
... und was es nicht ist!
BUHU!
Es lernte, sich zu schützen...
... und zu beschützen!
RAAAAA!
HABU... GROOOOO...!
15B.
BRAAAA
HUBA!
!?!

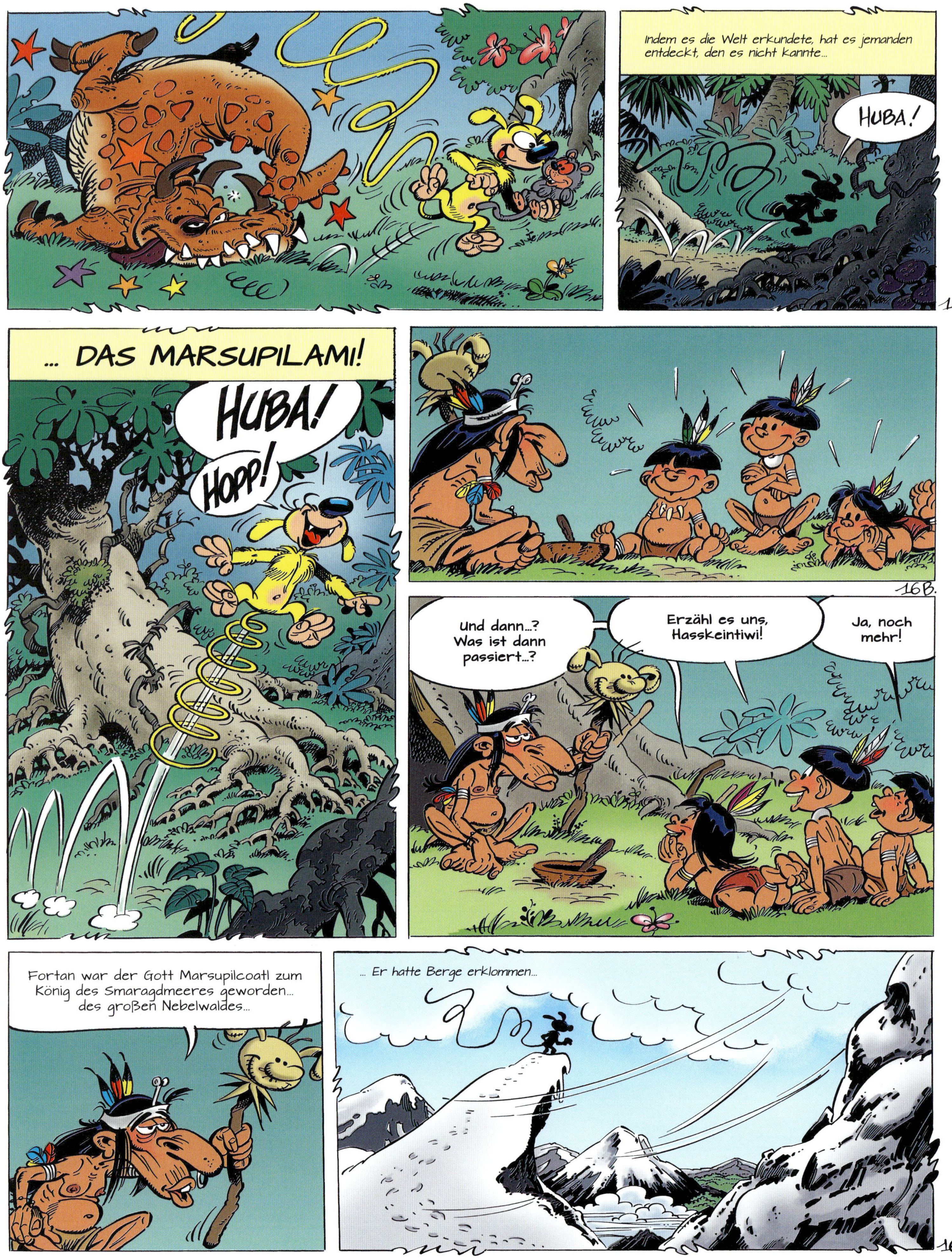
Indem es die Welt erkundete, hat es jemanden entdeckt, den es nicht kannte...
HUBA!
... DAS MARSUPILAMI!
HUBA!
HOPP!
16B.
Und dann...? Was ist dann passiert...?
Erzähl es uns, Hasskeintiwi!
Ja, noch mehr!
Fortan war der Gott Marsupilcoatl zum König des Smaragdmeeres geworden... des großen Nebelwaldes...
... Er hatte Berge erklommen...

... Er hatte die tiefsten Tiefen der heiligen Seen ertaucht...
... den Schoß der Erde besucht...
17A.
... war geflogen wie die Vögel...
HUBA! HA!HA!HA!
Autsch!
Aua!
Aua!
... Er herrschte über sein Leben, gestärkt durch all das, was er gelernt hatte!
... Die Tage verflossen ebenso sanft wie das Morgenlicht im Blattwerk...
... Das Marsupilami ruhte in sich selbst. Nichts schien diese fröhliche Sorglosigkeit beeinträchtigen zu können...!
17B.
... Doch wie der Wind das ruhende Wasser bewegt, sollte schon bald ein unbekanntes Gefühl sein Glück trüben...
-5
... Es war zu genau jener Zeit... wenn der Tag und die Nacht sich die Zeit zu gleichen Teilen aufteilen. Wenn die Göttin Natur die Herzen mit Freude anfüllt.
Voyeur!

... Etwas Merkwürdiges hatte sich der Welt bemächtigt. Eine Kraft, die Leben verbindet...!
... Die Schlange der Verwirrung hatte sich in den Geist des Gottes Marsupilcoatl geschlichen, und ihn gebissen...!
18A.
... Und so überflutete der Regen seine Seele, denn das war die Wirkung des Giftes...
Das Gift verbreitete sich arglistig wie der Jaguar, Jener-der-mit-einem-Sprung-tötet! Es ließ das Marsupilami ein neues und schmerzhaftes Gefühl empfinden...
Entschuldige, dass ich dich unterbreche, Hasskeintiwi... Ich benötige deine Meinung!
Ist meine Bemalung für die Feier gelungen?
Sehr, Bissnurnehsl! ... Aber es sind die jungen Mädchen, die sich das Gesicht schwarz färben... Die Krieger erweisen dem Sonnengott ihre Ehre!
So ist es Brauch!
Ach...? Aber die Brüder haben mir gesagt, dass...
Hi! Hi! Hi!
HA! HA! HA!
18B.
Äh...
... Eine neues und scherzhaftes Gefühl empfinden!
Ein schmerzhaftes, Hassgepuhpst! ... Ein schmerzhaftes Gefühl!
... Von Einsamkeit!
TITI...
TIIIWUKT!

... Die Freude hatte sein Herz verlassen und das Licht der vergangenen Tage mit sich genommen...
... Das Marsupilami verlor darüber die Lust, sich zu amüsieren, und - noch viel unglaublicher...
19A.
... den Appetit...!
Oooh... Wie traurig!
Armes kleines Tierchen!
Die Liebe ist ein seltsames Spiel...
DIE LIEBE IST EIN SELTSAMES SPIEL...
KRUiiiiiiii
Der Gott Marsupilcoatl war nur noch ein Schatten seiner selbst, seine Kräfte hatten ihn verlassen... Am Flussufer hockend, wartete er auf das Ende...
... Da sah er plötzlich sein Spiegelbild auf der Wasseroberfläche tanzen. Dieser Anblick entfachte plötzlich das Feuer der Hoffnung in ihm...!
19B
... Hatte er nicht in den ersten Tagen seines Lebens begriffen, dass alles seinen Gegenpart hat...? Dass Gegensätze sich anziehen und sich vervollständigen...?
... Sein Herz fing an, heftig zu schlagen... Irgendwo auf der Erde-der-atmenden-Wesen musste es ein anderes Wesen geben, das seinem Antlitz glich... Sogleich machte er sich auf die Suche nach ihm!
HUBA!

Das Marsupilami hatte seinen Mut wiedergefunden...!
... Es durchstreifte das Land-der-tausend-Flüsse bis hin zum unendlichen See...!
20A.
... Es durchsuchte jede Höhle und all die Sümpfe...
... Es befragte seine Tierbrüder, die Bäume, die Steine...
HUBA!
... und all die Sterne des großen Unbekannten über den Wolken...!
HUBA, BA...?
... Als es begriff, dass der Große Erschaffergeist ihm keine Gesellschaft hatte geben wollen, wäre seine Seele in seiner Brust beinahe zersprungen...!
HUBA... SNIFF!
20B.
Wie der Fisch das Wasser braucht, so konnte es ohne Liebe nicht leben...
... Es war niedergeschmettert...!
HUBAAAA!

Sein Schmerz war so tief, dass es die Göttin der Nacht unendlich rührte...
... Sie konnte eine Träne nicht zurückhalten, ganz wie es dem Sonnengott vor ihr ergangen war!
21A
Eine schwarze Träne, zart und duftend...
Vom Himmel fiel sie in den Wald hinab...
... und das Wunder geschah!
BIHU!
?!?
BIHUBI!
21B.
HUBA... BAAA!?!
BIBU!

Der Gott Marsupilcoatl hatte endlich die andere Hälfte seines Wesens gefunden!
Hu! BA! BA! BA!
BOMM! BOMM! BOMM!
Hibu!
Aus der Finsternis hatte er ein Geschenk bekommen, das fortan sein Leben teilen sollte.
HUBA, BIZZ!
BIHU, KISS!
22A
Sie tauchten in den Morgennebel ein und verließen einander nie mehr...!
Das Marsupilami brachte ihr alles bei, was es über die Welt gelernt hatte...
HUBA, MIAM?
HUBI, MMM...
Jungdynamischer Piraña sucht Nebenrolle in anderem Comic, Film oder Dokumentation...
Dringend!
... bevor sich die Rollen vertauschten!
HUBI, TOPP!
HUBA, WOW!
Die Geschichte erzählt, dass genau dort, wo sie sich begegneten, eine herrliche Blume wuchs... Sie erblüht jedes Jahr zu dieser Zeit und verwelkt nach dem dritten Morgengrauen! Die Geschichte erzählt auch, dass sie die magische Kraft besitzt, demjenigen, der sie pflückt, Liebe zu schenken... Aber kein Gedächtnis vermag sich zu erinnern, dass jemand sie je gefunden hätte...!
22B.
Und so vermählte sich die Sonne mit der Nacht, auf dass sie sich auf ewig verbinden und ihre Leidenschaft die große Familie der Marsupilamis begründet!
So sagt es die Legende... und so ist es bis heute!

Wir sind beim Lager angelangt, Terry. Hoffentlich hat Paco etwas zu essen zubereitet, dieser kleine Spaziergang hat meinen Appetit entf...
?!?
WAS ZUM...?!?
Mein Gott! Was für ein Desaster!
23A.
PACO, WO SIND SIE...? WAS IST PASSIERT...?! PACO, HÖREN SIE MICH...?
Ich... Ich bin hier, Mister Houston...!
Was machen Sie in diesem Fass...?! Was ist mit unserem Lager geschehen...?!?
LAGER GESCHEHEN...?!? EIN RIESIGES TIER, EIN KNALLROTES MONSTER MIT GROSSEN GELBEN ZÄHNEN!
... ES HAT ALLES ZERSTÖRT!
Sind Sie verletzt, Paco?
AAAH
Si, Señor! ... Es hat alle Lebensmittelreserven aufgefressen, und dann ist es fortgegangen! Es war ein schreckliches Monster!
Monster existieren nicht, Paco! Aber ich werde schon rausfinden...
... wer meine Méli-Mélos® gegessen hat!
BUHUHUUU... ICH BIN ES...!
?!
BUHUUU... Ich bin es, die schrecklich ist! Ich bin das Monster! BÖHÖHUUUU...
23B
Was sagen Sie denn da, Miss Terry...? Fangen Sie sich! Sie sind die bezauberndste aller Botanikerinnen! ... Eine Blume unter den Blumen!
DAS IST NICHT WAHR...! NIEMAND HAT MICH JE GELIEBT!! BUHUHUUU...!
Aber, aber, mein Kind... Es gibt doch weit Schlimmeres! Wir haben jetzt nichts mehr zu essen!
Vielleicht können uns ja die Chahutas helfen? ... Es heißt, sie sollen sehr gastfreundlich sein!
BUHU HUUUU
WASSNDASS...?! BISTABADRALL MÄCHTIG SAUER!

Was ist das für eine Farbe...?!? Glaubt Hasskeinfell etwa, noch ein junger Krieger zu sein?!
Aber... mein Libellchen...?
Hat mein Mann vergessen, dass das Fest des dritten Monats nur die Junggesellen betrifft?!
Möge Hasskeinfell sich das Gesicht waschen und seinen Sohn suchen, das Raupensoufflé ist fertig!
24A
Gönnen wir diesem charmanten Paar seine Intimsphäre und kehren für einen Moment zurück zur Natur, die, wir erinnern uns, eine Zeit ungewohnter Betriebsamkeit erlebt!
WOHSSIE?!
WOHSSIE?!
WOHSINNIFRAUN?
WOHSINNI?
Hier haben wir einen großen verliebten Stutzer mit gestreiftem Kragen! ... Ein weiteres äußerst seltenes Beispiel des unglaublichen Reichtums der palumbianischen Fauna!
WOHBISSU?
WOHDU?
DAHSSI...!
DAHSSI...!
IESS!
Halloschätselain!
Leuftbaidia?
Kro!
24B.
KRACK!
Kro!
?!
HAUA...! HAUTSCH...! MAINAHMAPOPO!

Hassgepuhpst kommt wieder und macht ein Soufflé aus dir!
Aber erst mal muss Hassgepuhpst die magische Blume der Marsupilamis finden...!
25A.
Damit wird Hassallegenehrft Hassgepuhpst lieben und ihn heiraten!
Hassgepuhpst ist ein großer Krieger!
... Er ist höher als eine Betonhütte in Chiquito! Mit riesigen gelben Zähnen! Der Mapinguari...! **Das war der Mapinguari...!**
MAPINGUARI?
Qué burro!
DER MAPINGUARI
Der »Mapinguari« ist im südamerikanischen Dschungel das, was der Yeti oder Bigfoot anderswo auf der Welt sind. Als legendenhaftes Monster ist er generell mit dem Mylodon verwandt (einer im Pleistozän lebenden Art der Riesenfaultiere). Aber manche klassifizieren ihn (als) eher als der Familie der Megalonychiden zugehörig...
Mensch
Yeti
Bigfoot
Mapinguari
25B.
... In diesem Fall wird es sich um ein Megatherium handeln, und nicht um einen Mylodontiden, aber die Debatte bleibt offen...
Estupido...! Hör auf, solchen Unsinn zu erzählen!
Du wirst noch für Panik sorgen bei diesen Einfaltspinseln, obwohl in diesem Wald nichts Ungewöhnliches vor sich geht!

HUBA KAKA!
KROINK!
Damned! Da treffe ich ausgerechnet auf das Marsupilami, wo ich auf Wildschweinjagd bin…
26A
… Bei Sankt Georg, das ist wirklich kein Glück…
Da ist sogar ein kleines gerechtfertigtes »Aua« fällig!
AUA!
Das nenn ich aber mal eine Bilderbuchlandung!
Fast so schön wie der Jaguar gestern!
Fast so schön wie der Jaguar gestern!
Ups… Pardon!
Bi!Hi!Hi!
26B
Was für einen bewegenden Anblick bietet doch der einfache Spaziergang einer Familie! Diese idyllische Pause wird uns präsentiert von den Marsupilamis und Méli-Mélo®, dem köstlichen mit Barbecuesoße gefüllten Schokokeks!
Aber…!?! Da sind ja nur zwei der Kleinen! … Wo ist das dritte hin?!

Wie unvorsichtig!
Es ist zurückgeblieben...
Bi!Bi!
Das ist entsetzlich! Ohne den Schutz der Eltern lässt sich die Lebensdauer eines Marsupilami-Babys in Minuten zählen...!
Bi,Bi!... MIAM!
27A.
Seine Naschhaftigkeit wird es ins Verderben stürzen...! Einen »Nectarus extasus« zu finden ist wahrlich ein Glücksfall...!
Bi!Bi! SLURP!
... Aber seine überreifen Früchte...
... haben die leichte Tendenz...
TACK!
... auf den Magen zu schlagen!
POCK!
27B

Hassgepuhpst!
HAAASS-GEPUHPST! JUHUUU!
Hassgepuhpst... Bissuhia?
Hassgepuhpst! Wobissu?
Hastuihn nichgesehn?
Wobissu, Hassgepuhpst?
Womaganur hinsain?
28A.
HASSGEPUHPST 'SWECHGEHLAUFN! ... BUHUUU!
Dass'nichlustich!
Und ihr habt nichts gesehen?
Nein, Chikkekurwen... Nachdem unser Medizinmann mit seiner Geschichte fertig war, ist er zu seiner Hütte gegangen!
Wir dachten, er geht etwas essen!
DABEI HATTE ICH IHM EIN RAUPENSOUFFLÉ GEKOCHT...! SEIN LIEBLINGSESSEN...! BUHUHUUU...!
Vielleicht ist er ja in den Fluss gesprungen?
Das ist gefährlich! ... Zu dieser Jahreszeit ist er voller Pirarucus!
Wir müssen schnell handeln! Die Lebensdauer eines Kindes, das allein im Wald ist, zählt nur Minuten!!
Alle Krieger sollen sich unverzüglich auf die Suche nach ihm begeben!
ICH HAB IHN GEFUNDEN!!
?
28B.
Bissnurnehsl hat den gelben Farbtopf gefunden, um sein Gesicht zu bemalen!
Na, ist der große Kummer jetzt vorüber...? Sie sollten sich da nicht so reinsteigern, wirklich!
Entschuldigen Sie, Mister Houston... Aber ich bin so alleine in meinem Leben...!

Es ist wegen meinem Aussehen... Alle haben Angst vor mir!
Was reden Sie denn da...? Ich bin mir sicher, dass Sie den jungen Burschen sehr gefallen...!
... Nicht wahr, Paco?
Äh... Si, si, Señor!
Vertrauen Sie mir... das wird schon werden, bestimmt!
Snurf...
29A.
Pfffffft...! Hassgepuhpst hätte nie gedacht, dass es so schwer sein wird, die Blume zu finden!
Und Hassgepuhpst hat Hunger!
GROOOOO
29B.
Wenn er zurück ist, wird Hassgepuhpst ein Held sein! Vielleicht wird er sogar Häuptling vom Dorf!
HUBAAAA... GROOOOO!!

HUBA! KSSSS!
Nichhaun!
PAFF!
30A.
Füadich!
?!
GNAPP!
Bi...?
HUBiiii!
Auuu!
Auuu...!
Auuu!
HUBi! GRRR!
30B.
Bi!

Snif!
BRÖAAAOOOO
31A.
BRHÖOOOOOOU
Ha... Haben Sie gehört, Capitän?!? ... Madre de Dios! ... Das war der Schrei eines blutrünstigen Dämons!
Mister Pohl MäcCaaartnäi...
Seien Sie doch vernünftig, Paco! ... Sie werden doch wohl keine Angst vor einem gewöhnlichen Donner haben?!
WATER PROOF
Waswah'n das?
Machtaba echd-ankst!
Holy Smoke...! Da hör ich doch den zierlichen Klang eines Dudelsacks...!
... Das muss das Heimweh sein!
31B.
Der Große Geist will den Mut von Hassgepuhpst auf die Probe stellen... Aber ein Grollen wird ihn nicht aufhalten!

Es regnet!
Keine Sorge, Terry, so häufig es in dieser Gegend auch regnet...
... die Schauer sind immer nur kurz!
Das ist der ideale Moment, um die »Pupsgurke« zu beobachten! Wussten Sie, dass die Eingeborenen sie sehr gerne verspeisen...?!
?!
FROTSC
32A.
Großartig! Da haben wir auch schon ein herrliches Exemplar!
Weißt du, was dir das herrliche Exemplar sagt?!
Wenn wir vor Anbruch der Nacht im Dorf der Chahutas sein wollen, sollten wir jetzt lieber aufbrechen, Señor Houston...!
Riechen Sie diesen widerlichen Gestank? Damit verteidigt sie sich!
Hooligan!
Die Artenvielfalt des äquatorialen Waldes ist ein unschätzbares Erbe, Terry. Obwohl er nur sieben Prozent der Erdoberfläche bedeckt, beherbergt er mehr als die Hälfte der bis heute verzeichneten Tierarten. Vögel, Fische, Säugetiere... Bei den Insekten geht die Zahl in die Millionen!
Und die Bäume! Auf zwei Hektar zählt man mehr als hundertfünfzig Arten... und Tausende kleinere Pflanzenarten!
Ist ja wahnsinnig...
32B.
GLURPS!
... interessant!!

Devil...! Ich habe den schmerzhaften Eindruck, der Jagd in Palumbien etwas überdrüssig zu sein...
... Meinem Schneider geht es besser als meinem Gemüt...
... muss ich sagen!
Aber ein treuer Untertan des Empires darf die Flinte nicht ins Korn werfen...
... Keep fighting!
Reiß dich zusammen, Bring! Du wirst nicht länger vergraben in diesem Loch bleiben!
33A.
Du könntest dich in Irland nieder-lassen und...
PROTSCH!
It's a long way to Tipperary!
Snurf...
HUUUHUUU... HASSGEPUHPST?!
Hassgepuuuhpst! Juuuhuuu!
ADIOS
HASSGEPUHPST...!
Bist du hier?
Also ehrlich...! Schämen Sie sich nicht?!
33B
Haben Sie etwas gefunden, Señor...?
Einen Jaguarzahn...! Das könnte ein sehr erns-tes Zeichen sein! In diesen Breitengraden ist es durchaus mög...
Keinen Schritt weiter!
?!?

Ein Marsupilami-Nest! ... Das ist einzigartig!
Sehen Sie! ... Das Weibchen ist mit seinen Kleinen im Fluss!
34A.
Das Männchen scheint nicht da zu sein...! Schnell, schlüpfen Sie in das Kostüm, Paco... Wir werden uns ein kleines Experiment gönnen!
Sie sind perfekt!
Glauben Sie wirklich, dass sie mich für einen der Ihren halten?!
Genau das werden wir herausfinden! Vergessen Sie nicht: Sie sind ein Marsupilami!
34B.
ÄH... HUBA! HUBA!
Vergessen Sie die »Hopps« nicht!
HUBA! HOPP!
?!
?!
?!

HUBA! HUBA!
HOPP!
Die kleinen Tierchen scheinen erregt zu sein!
35A
Bi! Hi! Hi! Hi!
Hi! Hi! Hi! Hi! Hi! HA! HA! HA!
Hi! Hi! Hi! ... Bi! Hi! Hi! Hi! HA! HA!
Sie müssen sich profilieren! Geben Sie das dominante Männchen!
... Seien Sie autoritärer!
ÄH... HUBA...! GRAAAAAH...!! HOP! HOP! GROOO!
BOMM! BOMM!
?
GRRR!
35B.
HUB...
TOP! TOP!
D... Das Männchen ist zurück!
Versuchen Sie, es zu beeindrucken, Paco!
GROOOO!
Es hat nicht geklappt!

Das Marsupilami kann die Konkurrenz eines Rivalen auf seinem Territorium nicht dulden...! ... Versuchen wir eine andere Vorgehensweise!
Es wäre interessant, seine Reaktion in Gegenwart eines unbekannten Weibchens zu beobachten! Könnten Sie...
Aber ich habe kein Kostüm!
Die Verkleidung war vielleicht keine so gute Idee... Begnügen Sie sich mit einem kleinen »Hubi«, um sein Vertrauen zu gewinnen!
36A.
Lassen Sie Ihre Weiblichkeit sprechen...
... Denken Sie an die Wissenschaft!
Äh... Hu... Hubi!
HUBÖAAARK!!
BÖHÖHÖHÖÖÖ...! ICH BIN ABSCHEULICH!!!
Aber neeein... Die Anwesenheit eines Menschen hat es verschreckt, mehr nicht!
Hassallegenehrft wird sich niemals vorstellen können, was Hassgepuhpst für sie getan hat...!
Seht euch das an, Jungs...! Ein kleiner Mensch!
36B.
Ich frag mich, was er so weit weg von seinem Nest verloren hat!?!
Ich frag mich, was er so weit weg von seinem Nest verloren hat!?!
Nein wirklich, was für ein mieser Charakter!

37A.
Unser Medizinmann Hasskeintiwi hat sich vielleicht geirrt! Gut möglich, dass die Blume gar nicht exis...
...TIIIERT?!?
37B.
PLAFF!

DER MAPINGUARI?!!
Ja, Bissodumm hat ihn am Flussufer gesehen! ... Ganz gelb, mit riesigen roten Zähnen! ... Das hat er gesagt!
Bissjablöd irrt sich! Hasskeinmuht hat verstanden: rot mit gelben Zähnen!
... Beruhigt euch! Der Maginuriri... Der Margarin...! Na, dieses Dingsda existiert nicht! Es handelt sich um ein mythologisches Monster!
Wovon redest du, Bruder-der-aus-dem-Land-der-Verrückten-kommt...? Die Indianer, die »Augen des Waldes«, wissen, dass der Dschungel viele Geheimnisse birgt!
BÖHÖHÖÖÖ! DER MAPINGUARI HAT MEIN BABY GEFRESSEN!!!

39A
39B

Da ist das Dorf der Chahutas! Versuchen wir, bei den Eingeborenen einen guten Eindruck zu machen, ohne ihre Ruhe zu stören!
Der Mapinguari...?! Niemand hat ihn je gesehen!
Er ist so groß wie ein Baum!
Mit gelben und roten Zähnen!
Der große Geist ist sauer!
Was sollen wir machen?
Unser Häuptling Chikkekurwen soll es uns sagen!
40A.
Hasskeintiwi soll sprechen, er ist der Weiseste!
Hasskeinmuth, unser Bote, muss in den Wald gehen...!
Er muss seine Brüder warnen, dass der Mapingua...
AAAHHH!...
Interpretieren Sie diesen Schrei nicht falsch, Terry...! Ich bin sicher, das ist ihre Art, uns willkommen zu heißen!
BOM! BOM!
Wer sind Sie...? Was machen Sie hier?
Lassen Sie mich machen... Ich kenne einige Wörter der Chahutas!
Äh... Grüezimitanand!... Eishockey!
Ich sein Omer Houston, der Tiere lernt! Das sein Miss Terry und Paco! ... Hoabdiähre!
Ich verstehe die Sprachen, Homerhouston...! Du musst nicht wie ein Baby sprechen!
40B.
MEIN BAAABY!
Beruhige dich, Bistabadrall! ... Ich bin sicher, unserem Sohn geht es gut!

RRROOOOR...
RAOOW!
?!?
PLOFF!
BRÖAAAAHU!
Ich wollte dem kleinen Jungen nur Hallo sageeen...
UÄÄÄÄH!!

BRÖAAAAHU!
?
BRRÖÖÖ...!
Nicht doch, Sie nehmen es sich zu sehr zu Herzen...! Fangen Sie sich, was sollen unsere Gastgeber denken?!
KUCKTMADA...! WASSAS?!
Bröhuuu...!
42A.
POFF!
MEIN BABY...! WOWARSSUDENN...?
WASHASSNUAGEMACHD?
Hassgepuhpst hat die magische Blume vom Gott Marsupilcoatl gefunden!
42B.
Äh... Hou... Houston... Wir haben ein Problem!
TOCK!

Der Mapinguari...!!
Er wird unser Blut trinken!
43A.
WIE SCHRECKLICH...! TERRY...! BRINGEN SIE SICH IN SICHERHEIT!
Das Monster wird ihr den Kopf abreißen!
Ahum!
Dubisschöhn!
TERRY!?!
43B.
Aber... Aber... Er geht mit ihr fort?!!?
Miss Terry...! Was machen Sie?!
Wir... Wir müssen verhindern, dass er... Terry! Kommen Sie zurück! Te... Terry...!
Der Macht der Liebe kannst du dich nicht entgegenstellen, Homerhouston, deine Freundin und der Mapinguari haben gefunden, wonach sie verzweifelt gesucht haben...!
... Einen Platz im Herzen von jemand anders!

Das ist ungerecht...! Voll ungerecht! Hassgepuhpst hat die Blume mitgebracht! ... Er wollte sie Hassallegenehrft schenken!
Hassgepuhpst ist ein sehr großer Krieger! Er hat Hassallegenehrfts Seele erobert! Sie wird ihn ein Leben lang lieben!
KISS!
Der Tag hat seine Augenlider geschlossen...! Mögen sich alle vorbereiten, die Nacht des Gottes Marsupilcoatl zu feiern...!
... So ist es Brauch!
44A.
Mitten im dritten Monat des Jahres macht sich im außergewöhnlichen Nebelwald eine ungewohnte Betriebsamkeit breit...!
Wer will noch etwas Raupensoufflé?
Es gibt auch noch Larvenkuchen!
Homerhouston muss ihn probieren!
Äh... Haben Sie nicht lieber Méli-Mélos® für mich...?
Letztendlich hatten Sie doch Recht, Capitán... Es war albern von mir zu denken, ich hätte den Mapinguari gesehen!
Und porque no, Bissublöhd, alles ist möglich, wenn man nur daran glaubt!
Es ist Frühlings-Tagundnachtgleiche, die Zeit der aufblühenden Liebschaften...! ... Also...
VIVA PALOMBIA!
Viva Palumbien...! Das hört man doch lieber, als taub zu sein!
ENDE
44B.

So ist es Brauch...!
BATEM 07 COLMAN 07
Oooh! ... Ein Kuchen für das 20. Album!
Ich hoffe, es ist kein Larvenkuchen!
20
Äh... Geht da irgendwas ab...? Kann mir mal jemand 'nen kleinen Überblick verschaffen?

FRISCHE ABENTEUER AUS PALUMBIEN –

DAS MARSUPILAMI EINER NEUEN GENERATION!

Das Marsupilami, ein legendäres Tier, das im Herzen des Dschungels von Palumbien lebt, wird 1952 von André Franquin in einem frühen Abenteuer von »Spirou und Fantasio« geboren.

Schnell bekommt dieser außergewöhnliche Charakter eine eigene Serie von Batem und findet sich inzwischen sogar auf Fernsehbildschirmen und Kinoleinwänden wieder. Heute huldigen die Autoren einer neuen Generation dem berühmten Wundertier.

Ab Dezember 2018
Hardcover | 104 Seiten | 20 €
ISBN 978-3-551-73446-4
www.carlsencomics.de

© DARGAUD-LOMBARD SA 2018